flower arrangement lesson
글/그림 saleign

꽃꽂이 수업

1

철학적 사고

from fall to winter
가을 & 겨울편

서문
Preface

식물과 철학함(사고함)에 대한 이야기, 꽃꽂이 수업

  식물에 처음 관심을 가지기 시작한 것은 너무 오래 전이라 기억이 나지 않습니다. 대학에 들어가고 나서 본격적으로 반려식물을 들이기 시작했는데, 방 안에 자리하는 식물들을 보면서 이런저런 생각을 하곤 했습니다. 그러다, 〈철학교육〉이라는 과목을 수강하면서, 사람들이 일상에서 얻을 수 있는 철학함(사고함)에 대해 어떤 게 있을까 고민하다가, 항상 제 옆을 지켜 오던 식물들이 주는 단상도 철학함일 될 수 있다는 것을 깨닫게 되었습니다. 식물이 주는 다양한 사고함에 대해 반려식물을 기르시는 분들과 나눌 수 없을까 고민하다 〈꽃꽂이 수업〉이라는 작품을 만들게 되었습니다.

  작품을 함께 나누면서, 인간과 오랜 역사를 함께 해 온 파트너인 식물에 대해 같이 생각하고, 반려식물에 대한 감정들을 정리해보는 시간이 되었으면 합니다. 아주 오랫동안 대상화되어 왔던 식물 본연을 들여다보면 우리는 식물이 주는 철학적인 목소리를 들어 볼 수 있습니다. 이 책을 통해서 식물에 대해 여러 가지 생각을 하는 방법을 한 번 보시고, 자기 철학으로 이어졌으면 하고 바랍니다.

현재 제 책상 위에 있는 극락조, 스타티스, 아스트란시아가 자리하고 있네요. 식물을 들일 때마다 이 아이들이 저에게 또 어떤 철학함을 남겨줄까 굉장히 기대가 된답니다. 여러분의 반려식물과도 생각하는 시간을 가져보시면 어떨까요.

2018. 2 (22 Nirvessa 18) saleign

* 이 책은 저의 두 번째 독립출판물로, 텀블벅 후원으로 처음 만들어졌으나
좋은 출판사를 만나 함께하게 되었습니다.

* *Special Thanks to*
이공카 : http://cafe.naver.com/idiafan
텀블벅 : http://tumblbug.com/fal
제목, 소제목 식자디자인 : @MARYCOMMISSION
이화여자대학교 철학과(철학교육) 이지애교수님
이화여자대학교 생명과학과(식물다양성) 이남숙교수님
4년 동안 좋은 꽃을 안겨 주신 '홍대 수수꽃다리'
꾸준히 동화를 웹에서 홍보해 주신 '이그드라실'
처음부터 따라 와 주신, 그리고 새로 와주신 모든 독자님들.

* *Contact (saleign)*
블로그 : http://blog.naver.com/saleign
이메일 : saleign@naver.com
공식 트위터 : @harjotslair
(공식 트위터에는 저의 모든 작품들의 근황이 올라갑니다.)

목차
Table of Contents

꽃꽂이 수업 – 철학적 사고
가을 & 겨울편

본편

1. 맨드라미의 죽음

2. 이오난사 인간상

3. 꽃꽂이 수업

해설편

참고문헌

본편

우리 미샤 가는
이레토라의
3대 신관가문

3. MⵔSHΩ

Z=PHYR

PⵔNTH=Rⵔ

- 미샤, 제피르,
판테라 - 에
속합니다.

비록 저는
가문의 행정적
수장인 아잔-미샤로
길러지고 있지만,

모든 가문원들이
그렇듯 신학을
공부해야 합니다.

내 위엔 언니가
세 명 있는데,

두 명은
까마득한 언니고,

막내 언니인 알비나
(Albina) 언니는
저와 여섯 살
차이랍니다.

본래 성년(16세)이
되어야 본격적인
심화 교육을
받게 되는데,

모두
모이세요.

가문의 가장 뛰어난
알테시아 신관님께서
올해를 끝으로
은퇴하게 되셔서

제가 아직 열 한
살임에도 불구하고,
알비나 언니와 같이
교육을 받게 되었어요.

알테시아 신관님께서는
특이한 교육과정을 고수하시는데,

그 중 하나가 바로
꽃을 가꾸면서
마음의 깨달음에
도달하는 것이랍니다.

이러한 방식은
일반적인 수업과
조금 달라서,
우리는 이를
신학 수업이라고
부르지 않고,

꽃꽂이 수업이라고
불렀답니다.

11

꽃꽂이 수업
Flower Arrangement Lesson

1. 맨드라미의 죽음 (1)

수업은 넬레니(Nelenii, 일 년의 9번째 달)에 시작되었습니다.

들판의 살아있는 식물들부터,

인간의 거주지에 들어온 식물들,

인간의 손을 타
누군가의 작품이 되는 식물들,

인간과 함께 사는 식물들.

그리고 돌고 돌아 다시
들판의 식물들에게로.

15

알테시아 신관님은 거의 아무것도 하지 않으셨습니다.

그저 식물들 곁에
우리를 풀어놓고,

꽃잎이 참
하늘하늘하다.

식물과 오랫동안
눈을 맞추도록 하고,

신관님!
이 꽃은 왜

안에 큰 꽃과
작은 꽃이
겹쳐져 있나요?

들어오는 질문을
받을 뿐이었습니다.

어느덧 넬레니의 끝물이 되었습니다.

알테시아 신관님은 저와
알비나 언니를 불렀습니다.

그리고 물으셨습니다.

알비나,
보고 싶은
식물이 있느냐?

17

……

……

알비나 언니는 잠시 생각하더니,

이내 대답했습니다.

붉은 맨드라미가
보고 싶어요.

왜 그렇게
생각하느냐?

넬레니의 말이
되니까, 성 안에 꽃 맺는
식물이 찾기가
어려워서요.

주변을 잘 물색하면 찾을 수 있지만,

사람의 눈높이에 맞고 화려한 꽃보다는,

곡립이거나 작거나 열매 맺어 제 눈에 인식되는 식물이 없네요.

화분보다는 간단한,

맨드라미 절화가 보고 싶어요.

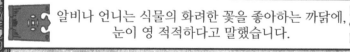

알비나 언니는 식물의 화려한 꽃을 좋아하는 까닭에, 눈이 영 적적하다고 말했습니다.

알테시아 신관님은 근처의 이하일라 꽃시장에 심부름꾼을 보내, 맨드라미 절화* 몇 대를 가져와 화병에 꽂아 주셨습니다.

*꽃자루, 꽃대 또는 가지를 자른 꽃

19

비름과의 맨드라미.

가주님께서 길가에 조경용으로, 화분으로
많이 심어 익숙할지도 모르겠습니다.

맨드라미는 꽃망울을 맺기 전에
대가 올라가는 모습이

꼭 촛불 같기도 하고,

성숙하면 형성하는 주름이

꼭 뇌 주름이나 국에 들어있는
생선의 내장 덩어리 같기도 하여,

화려해라~

내장 같아서
징그러워…….

여러 가지 명칭으로 불리우며
그 특이한 외형에 호불호가 많이 갈리는 식물입니다.

맨드라미는 화분으로도
오래 가고,

절화로도 짧게 살지는
않는 식물입니다.

오래 보고
싶거든.

미이가
관리해줬으면
좋겠어.

알비나 언니가 말했습니다.

왜냐하면……. 저는 알테시아 신관님이 말씀하시길,
식물을 애지중지 잘 키우는 편으로

원래 평균수명의 두세 배가 넘게도
키워내는 '재능'이 있다고 하셨거든요.

21

죽기 직전의 것을
숨만 붙여놓는 정도가 아니고 쌩쌩히,

마르지 않게, 별다른 비료나
영양제 없이 식물을 잘 키워서

다른 신관의 식물을 받아
살려놓는 일도 종종 했었습니다.

알테시아 신관님의 수업이
시작되기 전 여름에는

보통 3일 가는 수국 절화를
한 달까지 살려두는 식으로

오래 살릴 수 있었는데,

*탄다: 과자

탄다* 사줄게.

응!

그래서 맨드라미를 오래 보고 싶은 알비나 언니가

나란자가 탄다 사 줘.

응.

맨드라미를 저에게 맡기게 되었습니다.

오래 살려줘야 해.

응, 알았어!

맨드라미는 통상적으로 2주 정도 가기에,

저는 한 달은 볼 수 있을지 알았습니다.

23

그게 오만을 불러들였던 모양입니다.

하루

이틀

사흘

나흘

그리고 닷새로 넘어가는 밤.

24

알비나 언니가 맡긴 맨드라미가
4일 밤을 넘기지 못하고
5일째 아침, 죽어버렸습니다.

아직 덜 피어 촛불같은
어린 맨드라미 대들과,
완전히 피어 위에 주름을 만든
성숙한 맨드라미 대들 모두
누렇게 병든 것처럼 죽어있었습니다.

이것은 그렇게
경악할 일이 아닙니다.
모든 살아있는 것들이 그렇듯
식물도 예측불허니까요.

아무리 조건을 잘
맞춰준다 해도
원래부터 병들어있을
수도 있고,

간밤에 기온이 안
좋았을 수도 있고,

물이 맞지
않았을 수도 있단다.

라고 알테시아 신관님은
말씀하셨습니다.

그렇습니다. 그저 조건이 안
좋았을 수도 있었던 것입니다.

다만 맨드라미의 예상 전의
이른 죽음이 갑작스러워서 저는,

이틀 동안 당황해 죽은 그것을
쉽게 버리지 못했습니다.

그만 보내 줘야 했는데도 인정하지를 못 한 겁니다.

……

알테시아 신관님은 그런 저를 바라보시며
골똘히 생각하셨습니다.

그리고 죽은 맨드라미가 화단에 버려진 그 날 밤,
알비나 언니와 저를 조용히 불렀습니다.

미이가 이번 일에
조금 당황했나
보구나.

네,

하고 저는 답했습니다.

……

저는 죽은 맨드라미를 떠올리며 침울하게 고개를 숙였습니다.

불현 듯 당황스러움은 우울감이 되었지요.

그러자 알테시아 신관님이 인자하게 웃으시며 말씀하셨습니다.

그럼, 첫 번째 생각 수업의 준비가 된 것 같구나.

……

……

그리고 놀란 저와 알비나 언니에게 허허 웃으시며, 입을 여셨습니다.

꽃은 피고 짐이 확실하고
각자의 사연이 있단다.

인가 근처에 심어져 있는 꽃은
농원이나 들판에서 잘려

자신도 모르는 채
한 철 장식을 위해
아주 먼 길을 돌아 왔을 테다.

정원의 꽃 또한
원래의 자생지에서
씨앗을 옮겨 심어져
타지를 살아간단다.

성벽 사이의 백일홍은
햇빛에 말라 죽을 때까지
피고 지며,
담장 사이를 아슬아슬하게
통과해 오르는 배초향은
은은한 향을
먼 길 밖까지 풍기고
다음 해까지 티타임 간식
트레이 같은 뼈대를 남긴단다.

가을에 화분으로 곱게 심어진
맨드라미들은 주름을 잡다
흐물흐물 시들해지기 시작하면
가차 없이 버려진다.

가을 겨울의 적적함을 위해
나타나는 소국들은
짧은 시간 추위에 떨다
아무도 모르는 이의
삽에 어느 날 치워진다.

반면 사람의 집에
들어온 꽃들 또한
확실한 사연이 있단다.

그들은 애지중지 길러지거나,
서툰 이를 만나
제 명을 다하지 못하고
죽기도 한다.

작은 다육식물들은
작은 화분을 만나
무럭무럭 자라나고,
선인장과 난초는 꽃을 피운다.

겨울이 다가올수록
건화와 조화들이
시기를 장식하기 위해
인간의 집으로
거취가 옮겨진다.

식물은 오랫동안
대상으로 존재해
왔단다.

영감을 주는 대상,

미식의 대상,

유희의 대상,

약과 독의 대상.

우리는 사유와 역사를 함께했다고 하지만
어쩌면 식물과도 역사를 일궈왔다 할 수도 있을 수도 있겠지.

사유는 일상에서 나오고,

일상을 함께해 온 식물에서
사유가 나오는 건

이상한 일이 아니라고 생각한단다.
식물이 사유와 함께할 수 있다는 소리란다.

우리는 식물을 대상으로서 소비해 왔는데,
식물은 대상으로서의 자신뿐만 아니라

본연의 자신을 가지고 있다고,
나는 늘 그렇게 느꼈다.

그래서 식물의 목소리에 귀 기울이면,
통찰을 얻을 수 있기도 한단다.

식물을

......

들여다보면

말이다.

미이야,
왜 우느냐?

죽은 맨드라미를
떠올리니까…… 울음이 나와요.

오늘은 그 일을 통해
식물을 들여다볼 거란다.

네? 하지만요,
알테시아 신관님,

이것은 일종의 감정인걸요.
슬픈 감정이요.
이런 것에서 깊은 것이
나올까요…?

미이야.

알테시아 신관님이 말씀하셨습니다.

이성만이 사유를 낳는 것이 아니란다.

감정을 응시하면, 그것도 훌륭한 사유가 될 수 있단다.

감정을 소홀히
하지 말고,
식물이 주는 것을
그저 들여다보는
작업을 해 보자꾸나.

그럼 식물 본연의
목소리를 들을 수 있단다.

39

그렇게 우리는

식물이 준 감정을, '들여다보게' 되었습니다…….

꽃꽂이 수업
Flower Arrangement Lesson
1. 맨드라미의 죽음 (2)

What
무슨 의미인가?

Reason
목적이나 이유는?

Assumption
핵심적인 가정은?

Inference & Implication
어떠한 추론을 하고 있으며,
함축하고 있는 의미는?

Truth
말하고 있는 것은 진실한가?

Evidence & Example
주장의 근거나 예시는?

Counter-example
주장의 반례는?

'사고를 들여다보는 것을 돕는 일곱 가지 물음들'
(물음들을 따라가며 작품을 읽어 주시면, 읽기가 수월하답니다.)

철학교육 이론에 따른 IAPC 연구소의 WRAITEC 기법
; 이지애 역을 참고함

알테시아 신관님은 알비나 언니를 바라보았습니다.

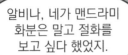

알비나, 네가 맨드라미 화분은 말고 절화를 보고 싶다 했었지.

한 달 동안 지켜보니 화분보다 절화나 건화*를 선호한다 싶었다.

*건화: 말린 꽃

어째서 그런 거라고 생각하느냐, 미이, 알비나?

그건…….
제가 대답할 수 있어요.
알비나 언니가 강박과 두려움을 갖고 있어서예요.

무엇에 대한 강박과 두려움일까?

예측불허인 식물의 삶에서, 생명을 지켜내야 한다는 강박과,

식물의 갑작스런 죽음 후 찾아오는 허무가 두려울지도 모르겠어요.

식물은 조용한 편이기 때문에, 몸이 아프다는 신호를 크게 주지 않아서
오래 곁에 자연스럽게 두려면 각별한 주의가 필요합니다.

화분은 키우기
까다롭고,

절화는 화분보다는
덜 까다롭고,

건화는 관리가 비교적
쉽고 보기가 편하니까,

각별히 관리하지 않아도
오래 볼 수 있으니까,
제가 화분보다는 후자 둘을
선호한다고 생각해요.

하지만 미이는 이제는
생화도 겁내지 않았지.
그건 무슨 의미일까?

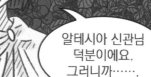

그건…

알테시아 신관님
덕분이에요.
그러니까…….

신관님을 따라
여러 가지 식물을 키워 보고,

그 분의 조언과 추천에 따라
차츰 생화를 들여 보다 보니
조금씩 용기가 생겼습니다.

처음 생화를 들였을 때는
함께 하는 시간이 너무 아깝고,

그게 지나 죽음에 이르는 것이
무서워서,

몇 시간씩
화병을 보거나

손닿는 곳에 두고
흘끗흘끗 보기를
반복했었지요.

기억나는구나.

너는 수업이
시작되기 전에도,
봄의 좋은 작약이
성에 들어오면,

단단한 봉오리에서
하늘거리는 아름으로
피어날 때를 놓칠 수가 없어서

밤새도록 몇 시간씩 지켜보다
다른 아침 수업에
늦는다고 했었지.

그런데 어째서 지금은
생화를 겁내지 않게
된 것이냐?

계절이 돌고 돌아
같은 식물이 꽃시장의
한 구석과 방 한 켠을
빼곡히 메우는 것을 보면서
조금씩 나아졌다고나 할까요.

46

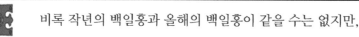

비록 작년의 백일홍과 올해의 백일홍이 같을 수는 없지만,

다음이라는 것이
생긴다는 것을 깨달으면서,

생화의 짧은 삶을
인정했기 때문이에요.

'다음'이 있기 때문에
삶을 받아들이고,
죽은 생화를 버릴 수도
있게 되었었어요.

삶의 마지막 단계인
죽음까지 인정할 수
있었던 거죠.

정말 그렇게
생각하느냐?

그렇다면, 미이 네가
맨드라미의 죽음에
당황한 건 왜 그렇다고
생각하느냐?

순간 생화를 무서워하던 것과 이것이 동일선상의 문제였다는 게 머리를 스쳤습니다.

47

미이의 삶의 인정에는
다시 내년 이맘때쯤에
같은 풍경을 볼 수 있다는
전제가 깔려 있구나.

그렇습니다.
저는 익숙함에 안도 받았던 것일 뿐,

예측불허, 우연함을 아직 완전히
인정한 것이 아니었습니다.

다시 이맘때쯤에 같은 익숙함을
볼 수 있다는 것을 깨달은 거지,

아직 우연성과 우연한 삶을
인정한 것은 아니었나 봐요.

아직 갈 길이 먼 것 같아요.

왜?
그걸 인정해야만 할까?

듣고 있던 알비나 언니가 끼어들었습니다.

48

생을 인정하지 않음으로서
우리가 두려워하는 것은
죽음에서 비롯된 허무.

우리가 유한한 생명들이기 때문에
우리는 근원적으로 죽음을
허무스러워 할 수밖에 없어.

허무를 넘어서야만 할까요, 신관님?
허무를 안고 살 수는 없는 걸까요?"

그걸 넘어서, 허무스러운 감정도
그저 자연스러운 게 아닐까
하는 생각도 드는구나.

......

허무에 대해 강박적으로
극복해야 한다는 생각을 했었는데,

언니와 신관님의 말씀에
그럴 수도 있지 않을까 하는
생각이 들었습니다.

49

 알비나 언니와 신관님의 말씀처럼,
그저 허무도 하나의 감정으로 자연스러운 것이 아닐까, 하는.

알테시아 신관님은 좀 더 곱씹어 보라며 우리를 배웅해 주었습니다.

맨드라미가 죽고 저는
며칠 뒤에 이 사건과
생각의 흐름을
회상하고 있습니다.

어쩌면 담담하게
이를 떠올리고
있다는 것이,

제가 허무를 바라보는
시선이 달라졌다는
것이 아닐까요?

50

며칠 전까지만 해도 허무가 알비나 언니에게 그렇듯 공포감을 주었다면,

저는 더 이상 공포와 불안을 갖지 않게 되었습니다.
어쩌면 저는 과도한 걱정을 했던 것일지도 모릅니다.

저는 이제 "어쩔 수 없지,"
하고 허무를 인정해 가는
과정에 서 있다는
생각이 들었습니다.

아직 완전히
인정하지는 못했고,
앞으로도 그러리라
기대하지 않지만,

식물의 짧은 생이 주는
허무와 공존하는 법을
배워나가고 있다고나 할까요.

알비나 언니에게 칭얼거렸더니,

알비나 언니는 시종을 불러 마차에 절 태우고는
이하일라 꽃시장에 다녀오라고 했습니다.

때로는 꽃의 생명력이

존재의 위로를
불어넣어주는 것 같아서

꽃을 들이고 오면
기분이 나아질지도 모른다면서.

열심히 했는데
매섭게 혼이 나서,

한 번도 그렇게
혼나본 적이 없는 저는

숨이 너무 막히고 무서웠습니다.

설움과 자학의 시간에서 덜덜 떨다가
문득 시종이 이하일라 꽃시장에 도착했음을 알렸습니다.

58

마차는 4번 입구에서 멈췄습니다.
시장과 가장 가까운 입구이기도 한데요.

시종에게 시간을 물으니
오후 네 시 오십분.

이하일라 꽃시장은 다섯 시부터
점포 정리가 시작되기 때문에

마차에서 내려
무작정 달렸습니다.

입구와 이어지는
긴 통로 끝에

긴 계단이 있고

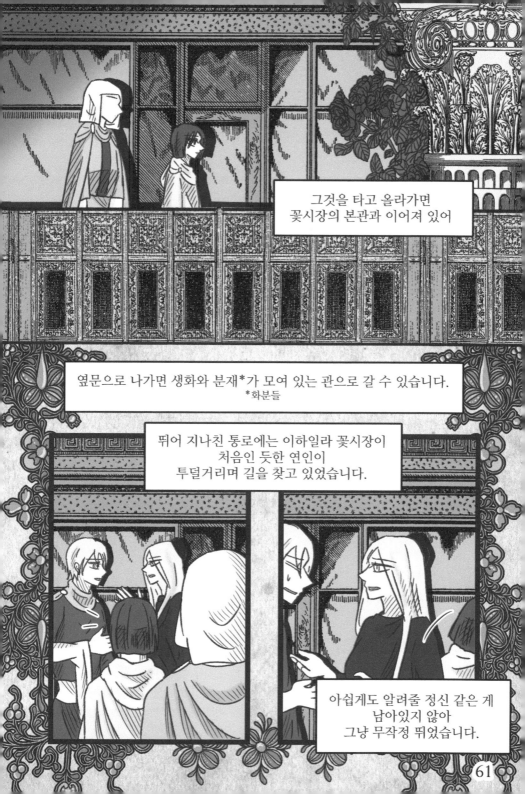

그것을 타고 올라가면
꽃시장의 본관과 이어져 있어

옆문으로 나가면 생화와 분재*가 모여 있는 관으로 갈 수 있습니다.
*화분들

뛰어 지나친 통로에는 이하일라 꽃시장이
처음인 듯한 연인이
투덜거리며 길을 찾고 있었습니다.

아쉽게도 알려줄 정신 같은 게
남아있지 않아
그냥 무작정 뛰었습니다.

비가 부슬부슬 내렸습니다.

시장의 'Ψ-1관'에 도착할 때까지

헉..

머리랑 망토가 조금 젖었습니다.

입구 천 문을 확 열어젖히자

한산하고 차분하지만,
현란한 색색의 식물들이

바닥에 빼곡히
들어 차 있는 꽃시장의
모습이 보였습니다.

그리고 식물의 체취.

시각적, 후각적으로 확
다가오는 꽃시장의 존재감이

다 왔다고, 이제 그만 안도해도
된다고 해 주는 것 같아

그 자리에 멈춰
엉엉 울었습니다.

지금은 피고 짐이 분명한 아이가 아니라,
오랫동안 곁을 지켜주며 자기처럼 생의 굴곡이 없을 거라고,

다 괜찮을 거라고 말해주는,

버팀목이 될 만한 분재를 입양하고 싶었습니다.

한참을 고민하며 시장을 살피다가,

게의 등껍질처럼 검붉고
단단한 자목단 선인장,

그리고 알사탕처럼 하얗고
동글동글한 소정 선인장을 골라
안아 들었습니다.

하나는 단단해서 의지할 수 있을 것 같고,

하나는 포근해서 절 감싸줄 것 같은

그런 선인장들.

조금 진정이 되자,

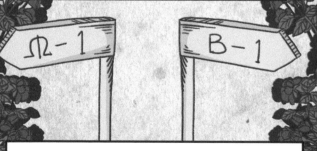

이하일라 꽃시장에는 오랜만에 왔기 때문에,

좀 더 둘러보기 위해 'B-1'관으로 이동했습니다.

꽃꽂이 수업
Flower Arrangement Lesson
2. 이오난사 인간상 (1)

'B−1'관은 거의 대부분이 난초 농원입니다.
알테시아 신관님이 난초류를 좋아하시지요.

저는 난초류를 그닥
선호하지는 않지만,

사이사이에 숨어 있는
특이한 난초들이랑
다른 식물들을
보는 것은 좋아합니다.

거베라가 한창이라
많이 끼어 있었고,

국화류가 많이 있었습니다.

아까 입구에서 봤던 연인이 언제 왔는지
'B-1관'에 도착해 점포들을 둘러보고 있었습니다.

또 아까는 보지 못했던 연인 한 쌍까지 더해져,
네 명이 제 앞에서 점포들을 드문드문 둘러보다가,
바로 앞 점포에서 모여 있기에
무슨 점포인지 슬쩍 보았습니다.

무슨 식물을 팔기에 손님이 많은가,
했는데 주인이 제 뒤에서 저를 부릅니다.

꼬마 신관님,
틸란* 사러
오셨나요?

*틸란드시아의 약자

일단은, 둘러보려고요,

조그만 거 하나가 백 리르야.

네, 그렇군요. 좀 더 둘러볼게요, 라고 답합니다.

주인이 저를 힐끗 보더니
표정이 조금 더 호의적으로 변합니다.

품에 드신 건
여기서 사신
건가요?

좋은 걸 샀네.
예쁜 걸 샀네요.

안고 있는 자목단 선인장과
소정 선인장 분재들이
크고 좋은 것들이라,

가게의 식물도 데려갈 수 있다
생각했나 싶었습니다.

연인들이 유리 볼에 담긴 틸란드시아를 몇 개 사 가자
가게 주인은 본격적으로 저를 데리고
점포 안을 둘러보라며 안내를 시작했습니다.

신관님은 틸란드시아를
키워 보셨나요?
요즘 개수로는 제일 잘 나가요.

아니요, 보기만 하고
키워보진 못했어요.

아레 플란테*는
처음이에요?

네.

*공중에 매달아놓으면
물과 영양분을 흡수하는 식물

자기가 데려온 식물을 소개하고
그 식물을 선택한 이유를 설명하는 자리랍니다.

저는 자목단, 소정 선인장 그리고
작은 틸란드시아를 꺼냈습니다.

가장 작은 틸란드시아 '이오난사'.
틸란드시아 키울 때 가장 기본이 된다던.

식물들을 테이블 위에 올려놓고
저는 의자 위에 걸터앉았습니다.

그리고 저를 빤히 쳐다보는 알비나 언니와
알테시아 신관님을 바라보며 입을 열었습니다.

79

이 아이는……
우리네 인간상을 대변해준다 해서
흥미가 생겨 데려왔어요.

인간상?

어떤 인간상이라더냐?

알비나 언니가 물었습니다.

알테시아 신관님도 흥미로운 듯
물으셨습니다.

말하자면 길어요.

저는 짧고 하얀 털이 난
틸란드시아를 보며,
말을 이었습니다.

꽃꽂이 수업
Flower Arrangement Lesson

2. 이오난사 인간상 (2)

우리의 인간상이요?

가게 주인의 말을 듣고,
고개를 갸웃거리며 물었습니다.

어떤 인간상인가요?

그걸 말씀드리려면,
우선 어떻게 키우는 지
말씀드려야겠네요.

가게 주인이 말했습니다.

물은 일주일에 한 번 정도,
더 적게 줘도 되고,
그냥 분무기로 몇 번
뿌려 주면 되어요.

공기 중에서 물과 양분을
빨아 먹어서 한 달 물 안 줘도
살긴 잘 살더라고.

언뜻 보면 조화 같기도 하고,
정말 소품 같기도 한 이오난사.

그러나 짧고 하얀 털들을
보는 순간 느꼈습니다.

분명히 살아 있습니다.

조금 묘한 기분에 데려가고 싶어졌습니다.

틸란드시아
이오난사 하나와,

매다는 철사 걸이를
집어 들었습니다.

철사까지, 이렇게
데려갈게요.

이제 인간상을
말씀해주세요.

호기심을 이기지 못하고,
말했습니다.

관리하기가 편하잖아요?

주인이 말을 시작했습니다.

그래서 잘 나가는
것 같아요.
사람들이 편리한 쪽으로
변하는 거지요.

난초만 봐도, 애지중지 키워야 하잖아.
꽃 피우려면 정말 신경 써줘야 하고.

예쁘기도 하고 소품으로도 쓸 수 있고.
점점 식물 키우기도 편리한 쪽으로 변하는 거지요.

비약이라는 생각이 들어서, 조금 납득되지 않아서 말했습니다.

사람의 성향일 수도
있지 않을까요?
취향이라던가, 생긴 게 묘해서
데려갈 수도 있고요.

난 농원을 했어서 그런지,
나는 비약이란 생각 안 들었어요.
이런 생각이 계속 나더라고요.

예전엔 사람이 식물에
발맞춰주는 게 더 많았는데,

점점 사람에 식물을
맞춰간다는 생각이.

조금만 투자해도 자기가 알아서 자라주는 그런 걸 찾는 거예요.

부스럭

이오난사를 종이에 싸 넣어 주며 주인이 말했습니다.

조금 슬픈 경향이라고 생각 하는 게,

사람들이 여유가 없어서 그런 거라는 생각도 들고,

그래서 이해는 돼.

내가 저 식물 위해
내 줄 시간이 없으니까.

그래서 안타까운데
농원 하는 사람이다 보니
식물들에게도 참 안타깝다 싶고요.

또 한 편으로는
그게 사람이
자기 투영을 하잖아요?

그런 것도 같아요.

자기들도 이오난사처럼,
이오난사 같은 처지니까
이오난사를 골라 가는 거야.

"충분히 삶의 여유를
즐길 시간이 없고,
돈도 없고 힘들고,
그런데 잘 살아남아야 하고.

그래서 그냥 이오난사가,
지금 시대의 새로운 인간상
같기도 하고 그래요."

가게 주인은 사람들이
이오난사를 데려가는
가장 큰 이유가
편리함이라는 걸 가정하고 있구나.

제 이야기를 듣고 알테시아 신관님이 말씀하셨습니다.

그 근거로 키우기 복잡한
난초의 판매량의 감소와
이오난사의 판매량 급증을
말하고 있네요.

알비나 언니가
거들었습니다.

편리한 식물을 키우는
추세로 변화하므로,

사람들이 점점 더 식물에게도
편리함을 추구하고,

그 이유는 여유 없이도
알아서 살아남아야 하는
인간의 유형이 투영된 것이라고
보고요.

미이는 이에 대해
어떻게 생각하느냐?

알테시아 신관님이 물으셨습니다.

저는 답했습니다.

확실히 가게 주인의 전제를
그렇다고 단정 지을 수는 없지만,
와 닿는다고 생각했어요.

전제의 참과 거짓의 여부는
불확실하지만,
추론된 인간상의 모습은
그렇게 생각할 수 있다고 느꼈어요.

목숨이 질기고,
키우기 용이하고,
관심이 많이 필요하지 않으며,

신경 쓰이게 하지 않고,
그래도 알아서 잘 자라주며,
요구하는 것 적은.
아무렇게나 대하기 쉬운
책임 불요의 이오난사.

사람들이 정말로 자기 투영을
해서 이오난사를 사는 것이라면,

자신과 가장 닮은 이오난사를 고르는 것은
어쩌면 맞을 수도 있다고 생각했습니다.

추론이 완벽하지는 않지만,
고개를 끄덕이는 이유는

어쩌면 저 스스로가
이오난사형 인간상이
시대가 요구하는 인간상이라고
공감하고 있어서가 아닐까요.

어쩌면 가게 주인의 말대로,
우리는 너무 힘들어져서 점점
이오난사 인간상을
요구받고 있는 게 아닌지,

그래서 그 상이
인간뿐만 아니라
식물을 고르는

그런 조그만 일에까지
투영되어 나타나고
있는 것이 아닌지.

우리는 모두 서로를
이오난사로 만들고,

이오난사가 되어가고
있는 것이 아닐까,

—하고 잠깐
생각해 보았습니다.

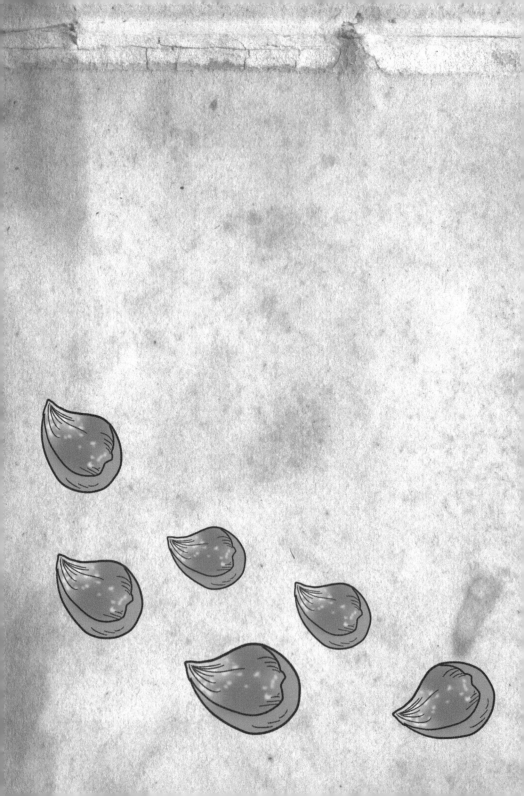

꽃꽂이 수업
Flower Arrangement Lesson
3. 꽃꽂이 수업 (1)

미이, 이 다발 좀 버려 줄래?

화단에 버리거나
쓰레기통에 버리면 돼.

저는 언니가 건넨, 죽어가는 장미 다발을 받아 살짝 내려다보았습니다.

붉은 색이 빠져 밑단이 노랗게 변해 있었고,

남은 색마저 선명하지 않아
퀘퀘한 진분홍색이 돌아 있었습니다.

줄기 중간에는 검은 반점과
흰 곰팡이가 가득했습니다.

105

얼른 버리고 와.
수업 전에 준비를 해야 해.

순간, 오소소한 느낌에 휩싸였습니다.

?!

뭐지? 하고 반추한 순간,
떠오른 것은 '버리고 와'라는 구절이었습니다.

썩어 죽어가는 장미 다발을
버리는 데 왠지
거부감이 들었습니다.

저는 긴 다발을
양손에 뉘이고
머뭇거렸습니다.

107

알비나 언니가 이해하지 못한 듯 갸웃거려서, 덧붙였습니다.

생명을 함부로
버려도 되는 걸까?

걔는, 그냥
장식이지.

아니야, 하지만
꽃도 살아 있잖아.

걔는, 사람이
아니잖아.

언니의 타박.

하지만 언니,
고양이나 새를 함부로
죽이지 않는 걸.
걔네도 사람이 아니지만,
생명이니까 소중히
여기는 거잖아.

미이,

알비나 언니가 끄응— 하고 한숨을 내쉬었습니다.

식물은 동물과 똑같이
취급하지 않아.
식물은 감정이 없잖아?

설령 있더라도,
우리가 보기에는 없어.
알 수가 없으니까.
동물은 감정이 있고
우리가 알 수 있어.

모두 생명이라도,
우리가 동물을 취급하는
방식을 식물에 똑같이
적용해야 할까?

애완 고양이랑 새랑 꽃은
모두 다른 층위의 생명이야.
그 취급방식이 다 같을 수는 없어.

하지만 언니, 모든 생명은
소중한 거라고 배웠잖아.

생명이 다를 수 있어?

제가 물었습니다.

소중히 여길 거를
어디까지 해야 할까? 미이.
이 꽃은 이미 죽은 거와
마찬가지라고.

그리고, 우리가 꽃을
식용으로 쓰기도 하잖아.
동물들도 식물을 먹고.

언젠가 죽을 수 있는 것을
죽게 하고 치우는 것은
생명을 경시해서가 아니라
자연스러운 게 아닐까?

계절이 가고 꽃이 스러져 죽는 것처럼
그냥 죽어가고 있기 때문에
잘려 버려지는 거야.
자연에서도 똑같이 일어나는걸.
이건 순리가 아닐까?

우리가 수업에 데려 와서 죽은 거지,
원래대로라면 들판에서 살아
있었을 지도 모르는데도?

그렇게 많은 가능성을 다
고려할 수는 없어. 들판에 있었어도
한 철 살고 죽었을 거야.

알비나 언니가 말했습니다.
몸을 돌리며, 언니가 물었습니다.

아, 미이야.
따뜻한 차 좀 마실래?

제가 고개를 끄덕이자,
언니가 찻잔을 건네주었습니다.

장미꽃잎이 떠 있는
장미차였습니다.

언니, 이거 장미차네.

응, 장미꽃잎을 몇 잎 따 뒀어.

저는 혼란에 빠져, 다발을 손에 든 채로 의자에 걸터앉았습니다.

언니, 그런데 우리가 이렇게 꽃을 마음대로 '버리고' '사용해도' 되는 거야?

죽는 거는 자연스럽고, 죽어서 도태되는 건 자연스럽지만, 우리는 지금 다 죽지도 않은 꽃을 버리는 거잖아.

또 우리의 필요에 의해
꽃잎을 잘라 차를 만든 거고.

이에 알비나 언니는 팔짱을 끼며 응수했습니다.

미이가 무슨 말을
하고 싶은지 모르겠어.

읍…

그러니까 죽는 걸
말하는 게 아니라,
꽃을 이렇게 우리 맘대로
만지는 게 죄책감이 들어서…….

죄책감?

알비나 언니가 의아한 목소리로 물었습니다.

응.

제가 답했습니다.

꽃을 가지고 작품을 만드는데
죄책감은 왜 드는 거지?
죄책감은, 사람이 사람의 도덕에
어긋나는 일을 했을 때 드는 거잖아.

114

예를 들면 토끼를 함부로 죽이면
죄책감이 드는 것은,
생명을 함부로 하지 말자는
사람의 도덕이 있기 때문이고,

그럼에도 고기를 위해 죽이는 게
죄책감이 들지 않는 건
그게 사람들이 도덕으로 정하고
학습한 것이기 때문이야.

사람이 도덕으로 생각하는
것만 도덕이 되고
그걸 벗어난 것이
죄책감이 되는 거지.

그리고 도덕은
합의로 만들어진 거야.

115

합의?

응, 합의는
어떤 경우에만 가능하지?

서로 의사소통이
되어야 가능하지…….

제가 답했습니다.

알비나 언니는 고개를 끄덕이며,
말을 이어나갔습니다.

사람과 사람의 경우에는
이야기가 가능하고,

사람과 동물은 몸짓이나
소리로 약간은 가능하지만

116

117

도덕에 포함되는
대상들과 관계가
다르다고.

채소를 먹을 때는
죄책감이 들지 않는데,
장미다발을 보니까
죄책감이 드는 이유를 뭐야?

저는 아까보다 더 혼란스러워진 표정으로 장미다발을 든 채 생각에 골몰했습니다.

왜냐하면,
이 장미다발은
신관님께 처음
받은 선물이라서……?

그러니까……
나에게 의미가 있는
추억이 담겨 있어서
더 신경 쓰이는 걸까?

그거 봐 미이, 너는 생명이 소중해서라기보다

그 장미가 너에게 유의미하니까 더 그런 생각이 드는 걸 거야.

생명을 다루는 것과는 상관없이, 추억을 다루는 것 때문에.

버리기 싫다면 네 방에 걸어두었다가 바스라지기 시작하면 화단에 뿌려 줘.

저는 찻잔과 다발을 번갈아보았습니다. 장미차는 비교적으로 거리낌 없이 마실 수 있었습니다.

119

그런데 왜 이 다발은 이렇게 신경 쓰이는 것일까요?

하지만 저는 추억만으로 그러는 게 아니라,
정말로 생명이기 때문에 걱정도 되는 건데….

알비나 언니,

제가 다시 시작했습니다.

아니야, 언니.
나에게 의미가 있기
때문에 더 소중해진 거야.

이건 도덕이랑 상관없지 않아.
내 죄책감은 이상한 게 아니야.

120

식물과 어떻게
합의를 해? 미이야.

알비나 언니가 끼어들었습니다.

그건 말도 안 되는 얘기야.

아니야, 언니.
사람들은 서로를 죽이냐
마느냐 사이에서 서로를
죽이지 않기로 합의했잖아.

식물에 있어서도
마찬가지야.

이 식물은 나를
죽일 수 없지만,

생명을 함부로 대하는 것에는
마음대로 죽이는 것도 포함되고,

나와 꽃 사이의 도덕은
그게 좋은 일이 아니라고
말해주고 있어.

내가 생명을 소중하게
생각한다는 이유를 갖다
붙인 게 아니라,

정말로 여러 가지 이유가
합해져서 이런 것 같아.

미이야,
그러면 모든 생명을
똑같이 대해야 할까?

조용히 듣고있던 알비나 언니가 물었습니다.

으응.......
그건 잘 모르겠어,
언니.

하지만 각각 어떻게 다뤄야
할지 좀 더 생각해보는 게
좋지 않을까?

그러다 문득, 배에서 꼬르륵 소리가 났습니다.

갑자기 한 가지 욕구가 떠올라서, 언니를 바라보며 보챘습니다.

127

그래, 제비꽃 설탕 과자.
내가 가져왔단다.
맘껏 먹으렴.

나와 언니는 목소리에 놀라 몸을 돌려 문 쪽을 바라보았습니다.
그곳에는 알테시아 신관님께서 웃는 얼굴로 서 계셨습니다.

알테시아 신관님?
언제부터 계셨어요?

너희가 대화를 시작할
때부터 문 밖에 있었지.
대화에 몰입해서 내가
들어오는 것도 모르더구나.

꽤나 재밌는 이야기를 하던데,
이젠 제법 총체적인 대화도
할 수 있게 되었구나.

알테시아 신관님이 제비꽃
설탕 과자를 건네주었습니다.

사고함은 그 자체도
중요하지만,
뒷정리를 통해 더
깊어질 때도 있단다.

이번에는 내가 너희들의 대화를
한 번 정리해 볼 테니,
다음에 너희 둘이 대화
끝에도 이렇게 해 보렴.

131

꽃꽂이 수업
Flower Arrangement Lesson
3. 꽃꽂이 수업 (2)

배려적 사고
Caring Thinking

가치부여적 appreciative	행동적 active	규범적 normative	정서적 affective	감정이입적 empathic

비판적 사고
Critical Thinking

맥락에의 민감성 sensitivity to context	기준에 의존 reliance on criteria	자기 수정 self-correction

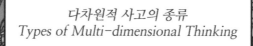

다차원적 사고의 종류
Types of Multi-dimensional Thinking

창의적 사고
Creative Thinking

상상적 imaginative	총체적 holistic	발명적 inventive	산출적 generative

cf. Matthew Lipman.
2nd edition, 2003

〈고차적 사고력 교육〉
박진환&김혜숙
옮김, 인간사랑, 2005

133

너희들의 대화는 크게
네 가지 질문을 주는구나.

알테시아 신관님께서 시작하셨습니다.

미이가 처음에 알비나가
버리라고 준 장미
다발에 거부감을 느꼈지?

너희는 이 때 첫 번째
생각 지점을 만들었단다.

첫째, 다 죽어가는 꽃다발도 생명일까?

꽃다발, 장미차처럼, 식물을 마음대로
운용해도 되는 걸까?

미이는 생명이 모두
평등한 것이므로,
식물이 동물과 다를 수
있냐고 물었다.

이에 알비나는,
감정의 유무를 근거로
동식물의 취급 층위가
다를 수밖에 없음을 주장했고,

애초에 죽어가고 있는
꽃을 버리는 것 자체가
죽음을 취급하는 자연스러운
방식이라고 지적했지.

그리고는…….
언니가 첫 번째 물음의
이유를 물었죠.

135

그래, 미이야.

너는 이에 '죄책감' 때문이라고 말했고,

이에 너희가 만든 두 번째 생각 지점이 생겼지.

물음으로 표현하자면 이렇게 된단다.

둘째, 도덕은 인간 사이에서만 나타날 수 있는가?

동물에 도덕을 적용하는 것과
식물에 도덕을 적용하는 것은 무엇이 다른가?

대신 알비나가 죄책감의 이유를 다시 캐물었지.

미이야, 어떻게 대답했느냐?

저는,

장미다발이 저와 유의미한 관계에 있어

죄책감이 들 수 있다고 답변했어요.

거기서 우리가 생각해 볼만 한 세 번째 지점이 나온다고 본단다.

138

셋째, 모든 것과 유의미한 관계를 가질 수 있는가?

우리는 식물과 어떻게 관계 맺어야 하는가?

미이는, 여기서 특이한 답을 내놓는단다.

저와 알비나 언니는 서로를 바라보았습니다.

두 번째와 세 번째 물음을
연결해서 대답하지.
미이는 식물과의 추억 때문에
유의미한 관계를 가질 수 있다고 답변하고,

유의미한 관계를
가지기 때문에

혼자만의 도덕이 성립할
수 있다고 말했단다.

따라서 첫 번째 질문인
'다 죽어가는 꽃다발도 생명인가?'
'식물을 마음대로 운용해도 되는 걸까?'

에 각각 예, 아니요 라는
답변을 내렸지.

알비나의 경우
후자의 질문에는

식물과는 유의미한
관계가 성립할 수는 있지만

대화의 불가능성으로
도덕이 성립하지 않아

식물을 마음대로 운용하는
것에 거리낌을 느끼지 않는다.

그런데 너희는 마지막에
반전을 만들어냈단다.

반전이요?

그래, 반전. 바로
제비꽃 설탕 과자란다.

141

저는 손에 들린 제비꽃 설탕 과자를 바라보았습니다.

불현 듯 부끄러운 감정이 확 올라왔습니다.

미이, 얼굴이 빨개졌어.

알비나 언니가 말했습니다.

하하, 그래. 미이.
네 태도가 네 번째 생각
지점을 마련해 주었단다.

넷째, 미이가 장미 다발을 운용하는 것에는 반발심을 가지지만,

제비꽃 설탕 과자를 먹는 데는 아무런 거리낌이 없는 이유가 무엇일까?

일관되지
않아요!

제가 얼굴을 가리며 소리쳤습니다.

그래, 미이야.
그게 네 번째 지점이란다.

인간의 감정과 도덕의 동기가
항상 일관될 수 있는가?
에 대해서, 한번 생각해보게 되었단다.

알테시아 신관님이 허허 웃으시며 말씀하셨습니다.

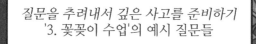

질문을 추려내서 깊은 사고를 준비하기
'3. 꽃꽂이 수업'의 예시 질문들

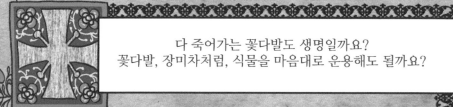

다 죽어가는 꽃다발도 생명일까요?
꽃다발, 장미차처럼, 식물을 마음대로 운용해도 될까요?

도덕은 인간 사이에만 나타날 수 있나요?
동물에 도덕을 적용하는 것과 식물에 도덕을
적용하는 것은 무엇이 다른가요?

모든 것과 유의미한 관계를 가질 수 있을까요?
우리는 식물과 어떻게 관계 맺어야 할까요?

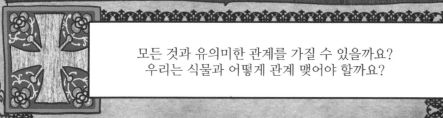

미이가 장미 다발을 운용하는 것에는
반발심을 가지지만, 제비꽃 설탕 과자를 먹는 데는
거리낌이 없는 이유는 무엇인가요?
인간의 감정과 도덕의 동기가 항상 일관될 수 있을까요?

*예시 질문들은 예시일 뿐, 다른 질문들도 생각해보세요!

145

네, 다음 시간에
정리해 볼게요.

우리가 답했습니다.

이윽고 맨드라미가 피는 가을에서
많은 식물이 잠드는 겨울이 되어가고 있습니다.

겨울 동안 쉬어가며 봄을 기다리는 씨앗들처럼

나의 이야기가 여러분에게
생각의 씨앗이 되는 만큼

우리의 수업이 쉬어가는 동안,
여러분들도 주변의 식물들을 보고
생각의 씨앗을 심어보세요.

식물들은 아주 강인하고 오래된,
우리의 사유하는 생활의 동반자니까요.

그럼, 봄이 되면 다시 나의 이야기를 들려줄게요!

-꽃꽂이 수업 가을&겨울편 마침.

해설편

꽃꽂이 수업
Flower Arrangement Lesson

가을겨울편 해설편 1. 맨드라미의 죽음

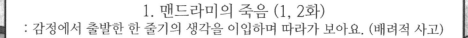

1. 맨드라미의 죽음 (1, 2화)
: 감정에서 출발한 한 줄기의 생각을 이입하며 따라가 보아요. (배려적 사고)

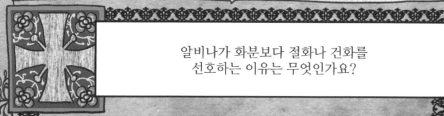

알비나가 화분보다 절화나 건화를
선호하는 이유는 무엇인가요?

미이가 생화를 들이는 것을
두려워했던 이유는 무엇인가요?

미이는 왜 맨드라미의 죽음에 당황했을까요?

미이는 죽음의 허무에 대해
어떻게 수용하고 있나요?

*예시 질문들은 예시일 뿐, 다른 질문들도 생각해보세요!

꽃꽂이 수업
Flower Arrangement Lesson
가을겨울편 해설편-2. 이오난사 인간상

2. 이오난사 인간상 (3, 4화)
: 기준을 세우고 한 줄기의 생각에 대한 자기 입장을 가져 보아요. (비판적 사고)

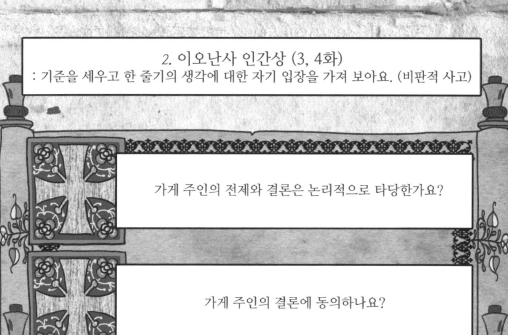

가게 주인의 전제와 결론은 논리적으로 타당한가요?

가게 주인의 결론에 동의하나요?

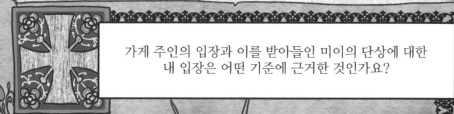

가게 주인의 입장과 이를 받아들인 미이의 단상에 대한
내 입장은 어떤 기준에 근거한 것인가요?

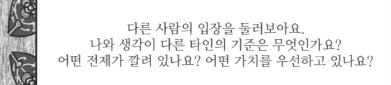

다른 사람의 입장을 둘러보아요.
나와 생각이 다른 타인의 기준은 무엇인가요?
어떤 전제가 깔려 있나요? 어떤 가치를 우선하고 있나요?

*예시 질문들은 예시일 뿐, 다른 질문들도 생각해보세요!

꽃꽂이 수업
Flower Arrangement Lesson
가을겨울편 해설편 3. 꽃꽂이 수업

156

3. 꽃꽂이 수업 (5, 6화)

: 여러 줄기의 생각을 총체적으로 바라보고 자신의 입장과 의견을 산출해 보아요.
(창의적 사고)

다 죽어가는 꽃다발도 생명일까요?
꽃다발, 장미차처럼, 식물을 마음대로 운용해도 될까요?

도덕은 인간 사이에만 나타날 수 있나요?
동물에 도덕을 적용하는 것과 식물에 도덕을 적용하는 것은
무엇이 다른가요?

모든 것과 유의미한 관계를 가질 수 있을까요?
우리는 식물과 어떻게 관계 맺어야 할까요?

미이가 장미 다발을 운용하는 것에는 반발심을 가지지만,
제비꽃 설탕 과자를 먹는 데는
거리낌이 없는 이유는 무엇인가요?
인간의 감정과 도덕의 동기가 항상 일관될 수 있을까요?

*예시 질문들은 예시일 뿐, 다른 질문들도 생각해보세요!

철학동화를 통한 의미발견

1. 동화에서 일상과 이어지는 놀라운 점 발견
(경이 발견)

2. 사고를 들여다보는 것을 돕는 일곱 가지 물음들을
통한 탐구 시작 (WRAITEC 물음들)

3. 사고활동의 증진 (비판적, 창의적, 배려적 사고)

4. 삶 속에서의 의미 발견

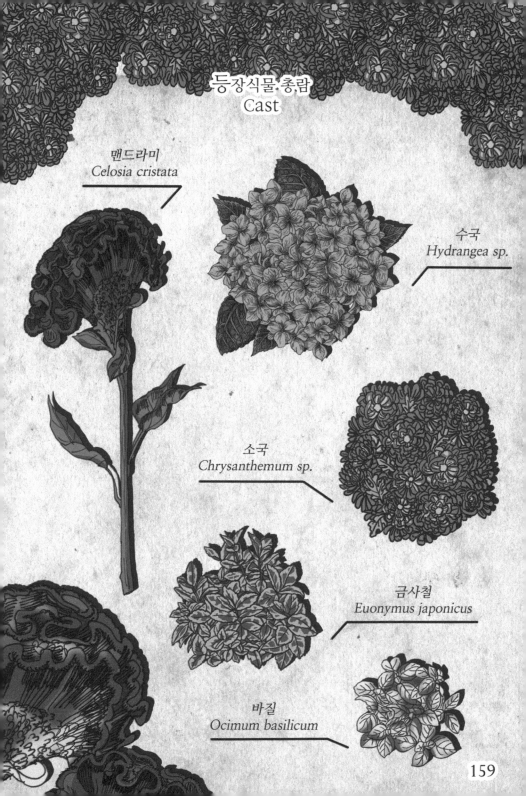

등장식물·총람
Cast

맨드라미
Celosia cristata

수국
Hydrangea sp.

소국
Chrysanthemum sp.

금사철
Euonymus japonicus

바질
Ocimum basilicum

알로카시아
Alocasia sp,

벚나무
Prunus serrulata

연꽃
Nelumbo nucifera

스카비오사
Scabiosa caucasica

수선화
Narcissus sp.

160

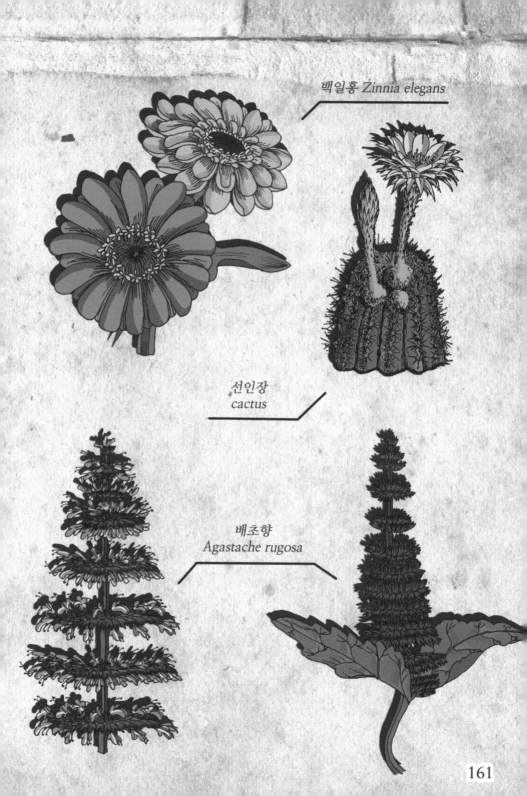

백일홍 *Zinnia elegans*

선인장
cactus

배초향
Agastache rugosa

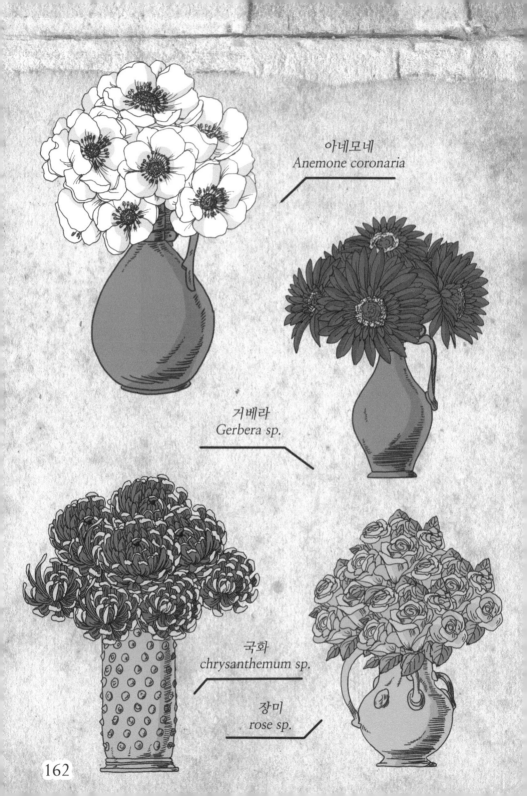

아네모네
Anemone coronaria

거베라
Gerbera sp.

국화
chrysanthemum sp.

장미
rose sp.

유칼립투스
Eucalyptus sp.

서양톱풀
Achillea millefolium

글라디올러스
Gladiolus sp.

리아트리스
Liatris sp.

프로테아
Protea sp.

왁스플라워
Chamelaucium sp.

백일홍(재)
Zinnia elegans

블러싱 브라이드
Serruria florida

베로니카
veronica salicifolia

연밥
Lotus seed

165

소정 선인장
Notocactus scopa

이오난사
Tillandsia ionantha

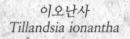

자목단
Gymnocalycium mihanovichii

덴드로비움
Dendrobium sp.

덴드로비움(쿡다운 난)
Dendrobium bigibbum

심비디움
Cymbidium sp.

167

에피덴드롬
Epidendrum radicans

소국 (재)
Chrysanthemum sp.

장미 (재)
Rose sp.

제비꽃
Viola sp.

*특정 종을 생각하지 않았거나,
원예종일 경우 일반명이나 유통명, *sp.*으로 표기함

참고문헌

M. Lipman(1976), Philosophy for Children ; 서울교대철학동문회(1986), 『어린이를 위한 철학교육』, 서광사

M. Lipman(2003), Thinking in Education, 2nd edition ; 박진환, 김혜숙(2005), 『고차적 사고력 교육』, 인간사랑

꽃꽂이 수업 – 철학적 사고
1권, 가을 & 겨울편

지은이 saleign

1판 1쇄 발행 2018년 10월 5일

저작권자 saleign

발행처 하움출판사
발행인 문현광
교 정 / 디자인 saleign

주 소 광주광역시 남구 주월동 1257-4 ,
3층 하움출판사

ISBN 979-11-88461-60-8

홈페이지 www.haum.kr
이메일 haum1000@naver.com

좋은 책을 만들겠습니다.
하움출판사는 독자 여러분의 의견에 항상
귀 기울이고 있습니다.

식물과의 관계를 맺는 새로운 양상 – 철학함

식물과 관계를 맺는 방식은 꾸준히 다양화되어 왔습니다.
이 책에서는 관계의 사이에서 '철학함(사고함)'을 발견했을
뿐입니다. 일상에서 나오는 철학함을 통해 식물과의 관계를
재정의해볼 수 있을까요?. 미이, 알비나, 알테시아가 식물과
관계 맺는 방식을 보고, 여러분도 여러분 주위의 식물과의
관계에 대해 재고해보고, 자기 철학으로 이을 수 있는 시간을
가질 수 있었으면 좋겠습니다.

값 18,000원
03110

9 791188 461608
ISBN 979-11-88461-60-8